ZAG
HEROEZ
Miraculous
Biedronka i Czarny Kot

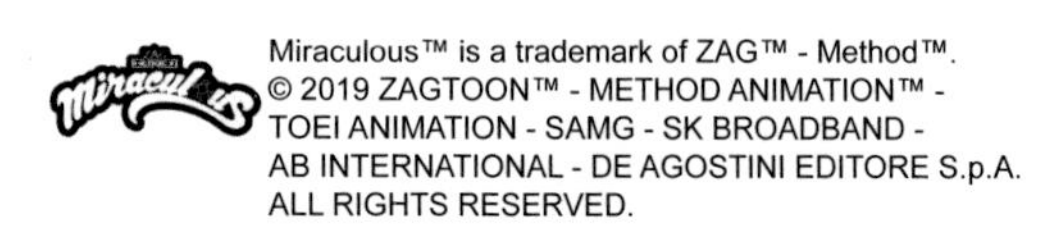

tytuł oryginału: Prodigiosa. Las Aventuras de Ladybug. Gorizilla

EDIPRESSE Polska S.A.
ul. Wiejska 19
00-480 Warszawa

Platforma: Creative Publishing
Dyrektor zarządzająca: Małgorzata Franke
Zastępca dyrektor zarządzającej: Magdalena Cylejewska
Redaktor naczelna: Magdalena Chomicka

Redaktor prowadząca: Monika Kiersnowska
Tłumaczenie: Krystian Szczepański
Korekta: Ela Chmura
Kierownik studia graficznego: Paweł Drygiel
Skład: Paweł Drygiel
Kierownik projektów dziecięcych: Nina Czarnecka
Product manager: Ewa Szczególska

Reklama: Emilia Gołębiowska
Dyrektor dystrybucji: Łukasz Górka

Druk i oprawa: Drukarnia im. Adama Półtawskiego

Oprawa twarda
ISBN serii: 978 83 8164 359-7
ISBN części 8:
Indeks: 421820

Oprawa miękka
ISBN serii: 978 83 8164 358-0
ISBN części 8:
Indeks: 421812

Gorydzilla

Adrien

Adrien Agreste jest przystojny i sympatyczny. Mieszka w wielkim domu, otczony luksusem. Jego tata jest znanym projektantem mody, dlatego chłopak, odkąd pamięta, bierze udział w sesjach fotograficz-nych, czego szczerze nie znosi. Z po-mocą kwami Plagga oraz magicznego pier-ścienia Adrien przemienia się w Czarnego Kota.

Marinette

Marinette Dupain--Cheng to wesoła piętnastolatka. Marzy, by dostać się do szkoły mody, i skrycie podkochuje się w Adrienie. Jest porywcza, rozpiera ją energia, ale czasami bywa nieśmiała i niezdarna, zwłaszcza w obecności Adriena. Dzięki kwami Tikki oraz magicznym kolczykom Marinette przemienia się w Bie-dronkę.

Czarny Kot

Czarny Kot jest silny, zarozumiały i do szaleństwa zakochany w Biedronce, której nieustannie stara się zaimponować. Zwykle łatwo go rozdrażnić, ale w głębi serca jest dobry i oddany. Jego mocą jest kotaklizm – wszystko, czego dotknie, ulega zniszczeniu.

Biedronka

Biedronka jest pewna siebie, zwinna i niezwykle odważna. To ona staje w obronie mieszkańców Paryża i zaciekle walczy z nikczemnym Władcą Ciem i jego akumami. Jej mocą jest szczęśliwy traf, czyli moc tworzenia. Drżyjcie złoczyńcy!

Władca Ciem

To dopiero czarny charakter! Władca Ciem pragnie przejąć władzę nad światem, ale żeby tego dokonać, najpierw musi zdobyć miracula Biedronki i Czarnego Kota, czyli kolczyki Marinette i pierścień Adriena. Dzięki swej mocy tworzy akumy, czarne motyle, które przemieniają zwykłych ludzi w superzłoczyńców.

Gabriel Agreste

Ojciec Adriena jest miliarderem i słynnym projektantem mody. Ten surowy, wymagający i bardzo ambitny mężczyzna skrywa wielki sekret. Jest okrutnym Władcą Ciem.

Alya

Przyjaciółka Marinette jest ciekawska, by nie powiedzieć – wścibska. Prowadzi szkolny blog i marzy, by zostać dziennikarką. Dlatego szuka pomysłów do artykułów, a pojawienie się w Paryżu Biedronki jest takim „gorącym" tematem.

Wayhem

Jest największym fanem Adriena, jak sam siebie nazywa. Chłopak ma wszystkie produkty, które reklamuje jego idol. Marzy, by poznać Adriena osobiście.

Goridzilla

Władca Ciem przemienia ochroniarza Adriena w ogromnego goryla, by ten zdobył dla niego miracula Biedronki i Czarnego Kota.

Rozdział 1

Adrien był spokojnym chłopakiem, który mieszkał w luksusowej rezydencji w Paryżu. Jego mama zaginęła w niewyjaśnionych okolicznościach, a ojciec, Gabriel Agreste, był słynnym projektantem mody. Oprócz ojca i syna w domu przebywały jeszcze dwie osoby: asystentka Gabriela oraz ochroniarz, który pełnił również funkcję szofera.

Pan Agreste był surowym, wymagającym i nadopiekuńczym ojcem, który bardzo bał się bliskości. Wprawdzie zaspakajał potrzeby syna, ale nie potrafił dać mu najważniejszego – miłości.

Na szczęście Adrien przekonał ojca, aby ten puścił go do szkoły. Teraz chłopak uczęszczał do gimnazjum imienia Françoise-Dupont, zamiast uczyć się w domu. To tam poznał swoich najlepszych przyjaciół: Nino, Marinette, Alyę i Chloé. Nadal jednak musiał pracować jako model, uprawiać szermierkę, grać na fortepianie i chodzić na lekcje chińskiego.

Pewnego popołudnia Adrien wszedł do gabinetu ojca. Gabriel stał przed ogromnym monitorem dotykowym. Mężczyzna pochłonięty był pracą i ani myślał przestać. Kończył właśnie swój najnowszy projekt i nie mógł się zdecydować, czy torebka powinna być niebieska czy też raczej żółta.

Na ścianie za Gabrielem wisiał portret mamy Adriena inspirowany malarstwem Klimta. Chłopak uwielbiał ten obraz. Mama była na nim uśmiechnięta, miała upięte blond włosy i kocie zielone oczy.

– Tato, chciałbym cię zapytać o coś ważnego. Czy poświęcisz mi parę minut? – zapytał Adrien z nadzieją w głosie.

– Tak, oczywiście – zgodził się Gabriel.

– Naprawdę? – ucieszył się chłopak, a jego twarz rozjaśnił uśmiech.

– Natalia na pewno cię powiadomi, jak tylko będę dostępny – odparł Gabriel, nie odrywając wzroku od monitora.

Adrien westchnął rozczarowany. To było zbyt piękne, aby mogło być prawdziwe.

– Wtedy będzie już za późno. – Chłopak zamyślił się, bezwiednie bawiąc się pierścieniem, który nosił na serdecznym palcu prawej dłoni.

Usłyszawszy te słowa, pan Agreste spojrzał na syna i zmarszczył brwi.

– Nie powinieneś przypadkiem pograć na fortepianie? – rzucił znienacka.

– Tak – szepnął Adrien. Wiedział, że dyskusja z ojcem nie ma sensu. Odwrócił się więc i czym prędzej wyszedł z pokoju, zamykając za sobą drzwi.

Gabriel długo patrzył za synem, zastanawiając się nad czymś. Pewien szczegół nie dawał mu spokoju. Mężczyzna wyszukał w internecie zdjęcie Czarnego Kota. Powiększył palcami fotografię, by z bliska przyjrzeć się pierścieniowi. Tę samą czynność powtórzył ze zdjęciem syna. Pierwszy pierścień był czarny i miał wytłoczony zielony ślad kociej łapy, natomiast drugi był srebrny i całkowicie gładki. Poza tymi niewielkimi różnicami oba pierścienie były nieomalże identyczne. Mężczyzna wstrzymał oddech.

– Nie, to niemożliwe! – wykrzyknął i szybko wyszedł z gabinetu.

Gabriel słyszał przytłumione dźwięki muzyki,

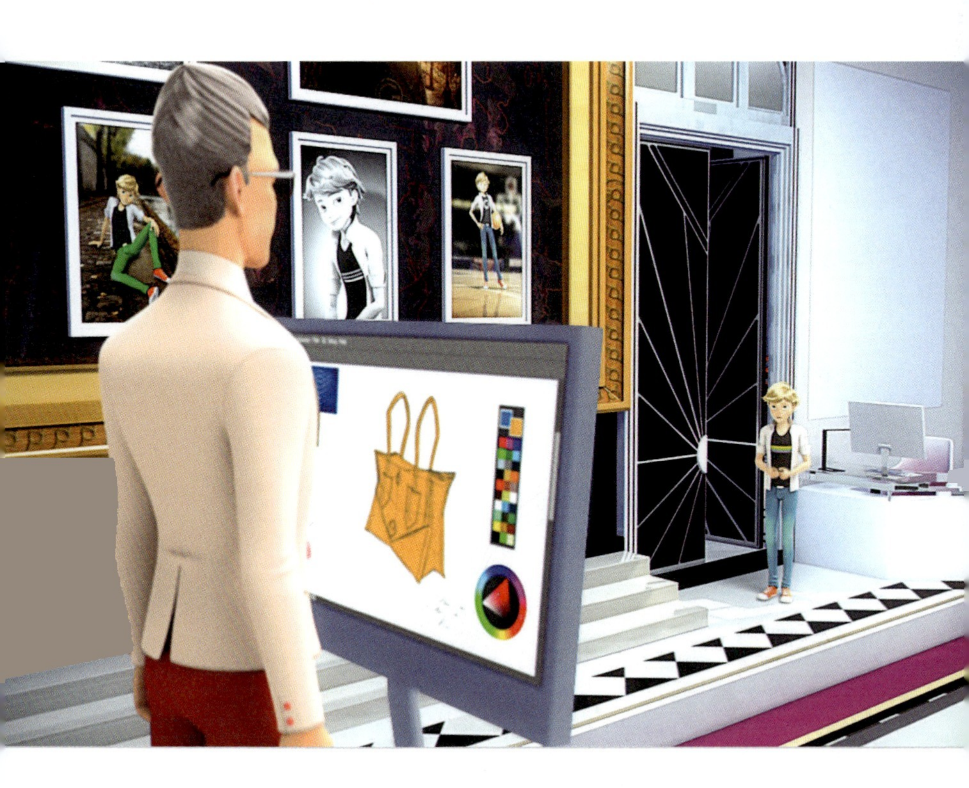

kiedy wchodził na marmurowe schody prowadzące na piętro, gdzie znajdował się pokój syna. Pod drzwiami stał rosły ochroniarz. Gabriel wyminął go i wszedł do pokoju Adriena. Jakie było jego zaskoczenie, gdy w środku nikogo nie zastał. Za to na fortepianie leżał telefon komórkowy, z którego leciała muzyka. Gabriel nie mógł uwierzyć, że syn go uszukał i uciekł przez uchylone okno.

– Natalio?! Gdzie jest mój syn?! – wrzasnął rozwścieczony Gabriel.

Asystentka, która właśnie stanęła w drzwiach, nie wierzyła własnym oczom.

– Adrien wymknął się z pokoju, a wy niczego nie zauważyliście? – kontynuował, rozzłoszczony. – Znajdźcie go!

Asystentka i ochroniarz nie dyskutowali, tylko natychmiast ruszyli w pościg za zbiegiem.

Znali swojego szefa i wiedzieli, że nie znosił sprzeciwu ani opieszałości.

Tymczasem Adrien szedł spokojnie jedną z paryskich ulic. Starał się pozostać niezauważonym, co nie było łatwe, bo cały Paryż obwieszony był plakatami z jego wizerunkiem. Gabriel często wykorzystywał syna do promowania rzeczy, które wychodziły z jego pracowni. Tym razem wypuścił najnowszą linię perfum o nazwie Adrien. Reklamy był w radiu, w telewizji i w prasie. Wisiały na budynkach, na środkach transportu publicznego i niemal na każdym przystanku autobusowym. Znajdowały się prawie wszędzie, a najgorsze było to, że na wszystkich, co do jednej, Adrien był od stóp do głów ubrany na biało i unosił się nad chmurami.

Chłopak szczerze nie znosił swojego nowego wizerunku. Najchętniej zapadłby się pod ziemię. Był jednak ktoś, kto go podziwiał: Marinette! Jego koleżanka z klasy, która podkochiwała się w nim skrycie. A może jednak nie tak skrycie, skoro nie umiała tego ukryć?

Za każdym razem, gdy go spotykała, stawała się niezdarna i plątał się jej język. Zachowywała się tak, jakby straciła dla Adriena głowę.

Nic więc dziwnego, że spędziła całe przedpołudnie przed komputerem, wyszukując filmiki reklamowe z Adrienem i puszczając je wciąż od nowa. Nie mogła oderwać wzroku od chłopaka. Podziwiała jego regularne rysy i to, jak unosił się nad obłokami.

Ta dwójka nie wiedziała jednak, jak wiele mają ze soba wspólnego. Obydwoje prowadzili podwójne życie. Tak jak Adrien nie przypuszczał, że Marinette jest Biedronką, tak ona nie podejrzewała, że Czarny Kot w rzeczywistości to jej kolega z klasy.

Tymczasem Adrien spacerował ulicami Paryża, uważając, aby nikt go nie rozpoznał. Nagle wyminął go chłopak, któremu aż zaświeciły się oczy, gdy w nieznajomym rozpoznał...

– Adrien?! Prawdziwy Adrien Agreste?! – wykrzyknął. – Ale mam szczęście!

– Dobra... – odparł zakłopotany Adrien

i odwrócił się, aby pójść w przeciwną stronę. – To na razie.

Jednak podekscytowany chłopak nie odpuścił i ruszył za nim.

– Jestem Wayhem. Kiedy zobaczyłem cię w reklamie, pomyślałem, że muszę cię poznać. Jestem twoim największym fanem – wyrzucał z siebie słowa.

– Tak, dzięki. – Adrien nie wyglądał na szczęśliwego, próbując pozbyć się natręta.

W tym momencie Wayhem wyciągnął komórkę. Zrobił sobie i Adrienowi selfie i od razu wrzucił je do internetu. Adrien nie zdążył nawet zaprotestować.

Niemal natychmiast ochroniarz rodziny Agreste, który przemierzał samochodem Paryż w poszukiwaniu swojego podopiecznego, został powiadomiony o nowym poście. Mężczyzna zobaczył zdjęcie Adriena oraz podaną lokalizację.

Był na tropie uciekiniera. Musiał się do niego jak najszybciej dostać. Nie mógł zawieść swojego szefa, inaczej wpadłby w nie lada kłopoty.

Ochroniarz wpisał lokalizację do systemu GPS, aby udać się dokładnie w to miejsce, gdzie zostało zrobione zdjęcie.

Adrien podniósł kołnierzyk koszuli, próbując ukryć twarz, i przyspieszył kroku, ale Wayhem deptał mu po piętach.

– Czekaj, dasz mi autograf na moich perfumach? – zapytał, wyjmując flakonik z kieszeni. – I jeszcze na twoim portrecie? – Teraz wyciągnął, nie wiadomo skąd, dużą kartonową postać swojego idola.

W tym momencie Adrien zobaczył nadjeżdżający samochód, a w nim ochroniarza.

– Może innym razem, teraz nie mam czasu – zawołał i zaczął uciekać.

– Nie! Zaczekaj! Adrien! – wrzasnął zdesperowany Wayhem, puszczając się w pogoń za swoim bożyszczem. Nie miał zamiaru zrezygnować z takiej okazji.

Jego słowa wywołały poruszenie na ulicy. rzechodnie rozpoznali w Adrienie chłopaka z reklamy. Oszalały tłum rszył za uciekającym, krzycząc jego imię i żądając autografów. Zrobiło się straszne zamieszanie.

Rozdział 2

Marinette od kilku godzin siedziała w swoim pokoju i w kółko oglądała reklamę z Adrienem. Znała ją już na pamięć.

– Olśniewający, zwiewny, wyśniony... Adrien – powtarzała słowa, które towarzyszyły chłopakowi unoszącemu się nad obłokami.

Tikki, która przez ten cały czas nie opuszczała swojej przyjaciółki, ziewnęła ze znudzenia. Nagle głośny dźwięk telefonu wyrwał Marinette z marzeń.

Dziewczyna podskoczyła z wrażenia i szybko odebrała połączenie.

– Marinette! Czekamy na ciebie od piętnastu minut, gdzie się podziewasz? – zapytała niecierpliwie Alya.

– Och! Ach! Zastanawiam się, który kostium włożyć. – Marinette próbowała się jakoś wytłumaczyć ze spóźnienia, ale zdradziła ją reklama lecąca w tle.

– Aha, a reklama z Adrienem pomaga ci w tym wyborze? – zauważyła cierpko Alya.

– Tak, zaraz tam będę – zachichotała zawstydzona dziewczyna. Zupełnie zapomniała, że umówiła się z przyjaciółmi na basenie. Czym prędzej chwyciła sportową torbę, którą wcześniej przygotowała, i wybiegła z domu.

Tikki próbowała ją powstrzymać, ale Marinette jej nie słuchała, bo bardzo się spieszyła do przyjaciół, którzy od kwadransa na nią czekali. Pędziła ulicą tak szybko, że kwami ledwo za nią nadążało, a miało jej coś bardzo ważnego do powiedzenia.

– Marinette, zaczekaj! Nie zapomniałaś o czymś? – wydyszało, kiedy w końcu zrównało się z dziewczyną.

– Jasne, o kostiumie kąpielowym, prawda? – Marinette wpadła w panikę.

Tikki zaprzeczyła i wskazała na ubranie, które miała na sobie roztrzepana marzycielka. Marinette zerknęła w dół i aż zabrakło jej tchu. W pośpiechu zapomniała się przebrać i teraz stała na ulicy w piżamie.

– Och, nie! Muszę się przebrać! – zawołała i w te pędy zawróciła do domu. Zdążyła zrobić dwa kroki, gdy wpadła w ramiona swojego ukochanego Adriena. To mogło być spotkanie jej marzeń, gdyby Marinette nie była w piżamie!

– Adrien? – wyjąkała zakłopotana.

– Marinette? – Adrien był również zaskoczony. – Mieszkasz w pobliżu? Mogę się u ciebie ukryć? – poprosił.

Marinette stała jak zamurowana, a jej policzki pokrył rumieniec.

– U mnie w domu? Co się stało? – zapytała ostrożnie, nie bardzo wiedząc, jak się wywinąć z tej niezręcznej sytuacji.

Adrien nie zdążył odpowiedzieć, bo zza rogu wypadł rozszalały tłum fanów.

– To się dzieje – odparł zrezygnowany chłopak. – Już za późno.

– Za mną! – zawołała Marinette.

Dziewczyna poprowadziła Adriena do pobliskiego parku. Obydwoje wskoczyli do fontanny, w której na szczęście nie było wody. Położyli się na dnie zbiornika i cicho czekali.

To był świetny pomysł, a fontanna okazała się fantastyczną kryjówką. Wrzeszczący tłum przebiegł obok niej i nie zauważył ukrywających się tam uciekinierów.

Marinette i Adrien jeszcze przez chwilę leżeli na dnie fontanny, patrząc sobie głęboko w oczy. Nigdy wcześniej nie byli tak blisko. Pierwszy odezwał się chłopak:

– Dziękuję, że mnie uratowałaś – szepnął. – Oni wszyscy zwariowali przez tę reklamę.

– Wystąpiłeś w reklamie? Ale fajnie. – Marinette udawała, że jest bardzo zaskoczona.

– Nie wiem, czy tak fajnie – odparł, przyglądając się jej uważnie. – Właściwie to trochę krępujące.

Marinette zdała sobie wtedy sprawę, że wciąż jest w piżamie i znowu się zarumieniła.

– No dobra, to ja sobie już pójdę. – Poderwała się pospiesznie z zamiarem ucieczki, ale Adrien chwycił ją za rękę, powstrzymując przed wyjściem z ukrycia. W tym momencie dziewczyna dostrzegła coś, co ją zaintrygowało. – To twój ochroniarz?

Biegnącą przy parku ulicą jechał powoli samochód. Adrien schował się za Marinette.

– Właściwie to wymknąłem się dziś bez pozwolenia. Powinienem teraz być w domu – zaczął się tłumaczyć.

Nagle ich rozmowę przerwał błysk flesza. Jakiś zbłąkany fan zrobił im zdjęcie. I jakby tego było mało, zdążył je wrzucić do internet, z dopiskiem, że Adrien ze swoją dziewczyną ukrywają się w fontannie. Kilka sekund później wszyscy już o tym wiedzieli, w tym pan Agreste. Również ochroniarz, który zdążał w tamtym kierunku. Kiedy dotarł na miejsce, po Adrienie i Marinette nie było śladu.

Uciekinierzy wiedzieli, że muszą jak najszybciej znaleźć nową kryjówkę. Dlatego pobiegli w kierunku stacji metra. Chwilę później stali na peronie i ciężko dyszeli z wysiłku.

– Przepraszam, że wplątałem cię w to szaleństwo – tłumaczył się Adrien. – Teraz wszyscy myślą, że jesteś moją dziewczyną.

– Tak, to okropna sytuacja. To znaczy... W sumie nie taka okropna. A może... Eee... Nic.

– Marinette nie umiała się zdecydować. – Myślisz, że nie będziesz miał problemów z ojcem? – dodała, żeby zmienić temat.

Jakie było zaskoczenie dziewczyny, gdy Adrien zamiast od razu odpowiedzieć, wyjął z kieszeni rzemyk z nawleczonymi koralikami, który od niej dostał.

– Nic złego mi nie grozi, bo mam amulet od Marinette – uśmiechnął się szeroko.

Dziewczynie z radości mocniej zabiło serce. Nie sądziła, że Adrien będzie nosił przy sobie amulet, który własnoręcznie dla niego zrobiła. Obydwoje czule się w siebie wpatrywali, ale romantyczną chwilę przerwał wrzask. Jedna z kobiet, stojąca na przeciwległym peronie, rozpoznała ich i krzyknęła. To zwróciło uwagę innych podróżujących. Natychmiast wyciągnęli telefony i zaczęli robić zdjęcia, a następnie wrzucać je do internetu.

Kilka sekund później Alya i przyjaciele, którzy wciąż czekali na Marinette, oglądali foty wrzucone do sieci społecznościowej i świetnie się przy tym bawili.

– Och, jak uroczo obydwoje wyglądają – zachwycała się Rose.

Adrien, który miał już dosyć tej uciążliwej sławy, chwycił Marinette za rękę. Chciał jak najszybciej zabrać ją z tego miejsca.

– Chodź, musimy stąd uciekać – nalegał.

Ale Marinette stała jak zaczarowana. Dotyk jego dłoni sprawił, że zabrakło jej tchu. Pogrążyła się w marzeniach. Dopiero mocne szarpnięcie wyrwało ją z zamyślenia. Zobaczyła, co się dzieje. Tłum fanów biegł po równoległym peronie i wciąż robił im zdjęcia.

Kiedy Adrien i Marinette dotarli do schodów, zobaczyli, że stoi tam wściekły ochroniarz.

Szybko zawrócili, ale z drugiej strony po stopniach już płynęła fala ludzi.

Bohaterowie znaleźli się w pułapce. Co mogli zrobić w takiej sytuacji?

Właśnie wtedy na peron wjechał pociąg. Otworzyły się drzwi. Adrien pod wpływem impulsu objął Marinette wpół i skoczył do wagonu. Obydwoje upadli na podłogę, boleśnie się obijając, ale byli przynajmniej bezpieczni.

W tym momencie zamknęły się drzwi. Ochroniarz, który ich ścigał, pozostał na peronie. Wydawało się, że Marinette i Adrien mogą wreszcie odetchnąć z ulgą.

Jednak nie wszystko poszło zgodnie z planem. W czasie skoku Adrien upuścił amulet, który potoczył się na ziemię. Do tego ludzie dobijali się do drzwi i wyglądało na to, że za chwilę wedrą się do środka. Na szczęście pociąg

ruszył i wkrótce wagony zniknęły w tunelu, pozostawiając osamotnionych fanów na peronie.

Jeden z podróżnych dostrzegł w tłumie ochroniarza Adriena i rzucił się na niego, przewracając nieszczęśnika. Zrobiło się zamieszanie, bo ludzie zaczęli na siebie wpadać, chcąc zrobić zdjęcia osobie, która znała celebrytę.

Wayhem podniósł telefon, który upuścił ochroniarz, i wybrał numer swojego idola.

– Adrien?! – zawołał, uzyskawszy połączenie. Jakie było jego zdziwienie, gdy usłyszał groźny głos pana Agreste:

– Kim jesteś i gdzie jest mój syn? Natychmiast zwróć telefon albo wezwę policję – rozkazał rozzłoszczony Gabriel.

Zaskoczony chłopak upuścił telefon.

Ktoś z tłumu krzyknął, że Adrien i Marinette wysiedli na stacji Concorde, a ich zdjęcie znalazło się w sieci społecznościowej. Wszyscy wielbiciele chłopaka pospiesznie wskoczyli do pociągu, by jak najszybciej dostać się do swojego idola. Na peronie został tylko ochroniarz. Był wściekły, bo jego podopieczny kolejny raz mu się wymknął. Mężczyzna klęczał, bezsilnie uderzając pięścią w ziemię, wtedy dostrzegł bransoletkę. Podniósł ją, by bliżej się jej przyjrzeć.

Rozdział 3

Gabriel Agreste stanął przed portretem swojej żony, wyciągnął dłoń, by wcisnąć kilka elementów ukrytych w obrazie. W tej samej chwili podłoga pod stopami mężczyzny rozsunęła się, a on sam zjechał w ciemność. Po chwili pojawił się w mrocznej kryjówce Władcy Ciem!

Pomieszczenie miało wysoko sklepiony sufit i ogromne okno w kształcie rozety. W środku unosiło się mnóstwo białych motyli.

Wśród nich fruwał Nooroo, małe fioletowe stworzonko. Kwami czekało na swojego pana.

– Mój Panie, chyba nie myślisz, że Adrien to Czarny Kot? – zapytał ostrożnie Nooroo.

– Tego nie wiem na sto procent, ale najwyraźniej coś ukrywa – odparł Gabriel. – Skoro jego ochroniarz nie potrafi go upilnować, to jest jeden sposób, by odkryć ten sekret. – Gabriel zerwał jednym szarpnięciem krawat, odsłaniając przy kołnierzyku miraculum w kształcie małej fioletowej broszki, i zawołał: – Nooroo, daj mi mroczne skrzyda!

Kwami wniknęło w klejnot i Gabriel w ciągu kilku sekund przemienił się w groźngo Władcę Ciem, zaciekłego wroga Biedronki i Czarnego Kota. Mężczyzna zmienił się nie do poznania. Na twarzy miał żelazną maskę zasłaniającą górną jej część, na sobie elegancki czarny garnitur, w dłoni trzymał laskę, którą wieńczyła głowica z klejnotem.

Załamany chroniarz wychodził ze stacji metra, gdy natknął się na policjanta, który stał przy samochodzie zaparkowanym na chodniku.

– Czy to pański pojazd? Co ma znaczyć takie dzikie parkowanie? Paryż to nie pański parking – powiedział policjant, wręczając ochroniarzowi mandat.

Tego było już za wiele! Ochroniarz gniewnie zacisnął szczęki, a kiedy usłuszał, że chcą zabrać jego auto, zgniótł mandat i rzucił nim w zaskoczonego stróża prawa.

– Znieważenie policjanta na służbie. Będzie miał pan niezłe kłopoty. – Policjant zabrał się za wypisywanie kolejnego mandatu.

Ochroniarz nadal nie reagował, chciał odzyskać swój samochód, który wciągano na lawetę.

Mężczyzna rzucił się do drzwi limuzyny i zaczął je zawzięcie szarpać. Powstrzymał go dopiero sygnał wiadomości przychodzącej na komórkę.

– Chwila, mówię do pana, co to za odbieranie telefonu – wściekał się policjant, zabierając się do wypisywania kolejnego mandatu.

Ochroniarz nadal go ignorował, bo skupił się na wysłuchaniu tyrady swojego szefa:

– Co ty wyprawiasz? Gdzie jest Adrien? Czy pilnowanie nastolatka to dla ciebie za trudne zadanie? A może masz problem z wykonywaniem poleceń? Lepiej go znjadź, i to już! – wrzeszczał pan Agreste.

Dla ochroniarza to był sądny dzień. Najpierw zniknięcie syna jego zrzędliwego pracodawcy, potem mandaty za złe parkowanie i znieważenie policjanta, natępnie utrata samochodu, a teraz ta poniżająca wiadomość. To był prawdziwy koszmar.

Władca Ciem, otoczony białymi motylami, stał na środku ciemnego pomieszczenia. Obserwował, jak otwiera się okno w kształcie rozety, a do środka wpada dzienne światło, które powoli go otoczyło. Telepatycznie wyczuwał ogromną frustrację ochroniarza.

– Przegrany ochroniarz, który nie wywiązał się z obowiązków. Wściekłość i smutek to idealna karma dla akumy – podsumował Władca Ciem, wpatrując się w białego motyla, który usiadł mu na dłoni. Złoczyńca nakrył stworzenie drugą ręką, przekazując mu złą moc. Kiedy uchylił dłonie, w powietrze wzbiła się czarna ćmia.

Przez krótką chwilę krążyła po pomieszczeniu, by wreszcie wylecieć przez okrągłe okno na zewnątrz.

– Leć, moja mała akumo, i zawładnij nim! – krzyknął za nią Władca Ciem. Miał nadzieję, że tym razem zwycięży.

Ochroniarz, cały oblepiony mandatami, patrzył, jak jego auto odjeżdża na lawecie. Z bezsilności uderzył zaciśniętą pięścią w latarnię. Syknął z bólu, a kiedy rozwarł obolałe palce, zorientował się, że w dłoni nadal trzyma kolorową bransoletkę. Wpatrywał się w nią dłuższą chwilę. Nagle na bransoletce usiadła akuma i zaczęła w nią wnikać. Zło wypełniło mężczyznę.

– Gorydzillo, jestem Władca Ciem, daję ci zdolności tropiciela, dzięki którym odnajdziesz tego, kogo szukasz, i wypełnisz misję – odezwał się w głowie swojej ofiary złoczyńca.

Po tych słowach ochronarz przemienił się w ogromnego niebieskiego goryla. Gorydzilla głośno zaryczała i uderzyła kilka razy gigantycznymi łapami w szeroką pierś, wywołując panikę wśród przechodniów. Ludzie zaczęli uciekać, wpadając na siebie i potrącając się nawzajem. Małpolud nie zwrócił na nich uwagi, obwąchał bransoletkę i wsunął ją do podartych spodni. Z całego ubrania tylko one mu pozostały. Bestia, siejąc spustoszenie w Paryżu, ruszyła na poszukiwania Adriena.

W tym czasie do kina weszła osobliwa para. Chłopak miał na głowie kask motocyklowy, a dziewczyna różowe okulary pływackie i turban z ręcznika na włosach. Obydwoje weszli do ciemnej sali kinowej.

– To był dobry pomysł. W tych przebraniach nikt nas nie rozpozna – szepnął Adrien.

– Ale ty wymyśliłeś, aby skryć się w ciemnej sali kinowej, pamiętasz? – odparła Marinette.

– Właściwie to szedłem do kina, kiedy dopadli mnie fani – tłumaczył chłopak. – Dzięki tobie ojciec mnie nie znajdzie.

– Czekaj, twój tata nie pozwala chodzić ci do kina? – zdziwiła się Marinette.

– Pozwala wyłącznie z Natalią lub ochroniarzem – westchnął Adrien. – Ale nie wiem, czy pozwoliłby mi pójść na ten konkretny film.

– O nie, nie mów, że to jest horror. Ja tak bardzo się boję horrorów. – Przerażona Marinette zapadła się w fotelu. Z wszystkich filmów na świecie musiała trafić akurat na taki seans.

– Nie, spokojnie. To film, który bardzo trudno jest obejrzeć. Nie znajdziesz go w internecie, a tata ukrył jedyną płytę DVD. Wiesz, moja mama gra w nim główną rolę – powiedział cicho Adrien i zamyślił się.

– Nigdy nie słyszałam o tym filmie. – Marinette z czułością patrzyła na kolegę.

– Jest tylko jeden pokaz. Dzisiaj – wyjaśnił Adrien. – Właśnie w tym kinie. Nie mogłem ojcu o tym powiedzieć, więc postanowiłem wymknąć się niezauważony.

Akurat wtedy w ich rzędzie usiadł chłopak, zerkając z zainteresowaniem na dwójkę dziwacznie ubranych nastolatków. Uznał jednak, że to nic ciekawego i wbił wzrok w ekran. Adrien na wszelki wypadek dyskretnie się odwrócił, aby nieznajomy go nie rozpoznał.

– Chyba jednak z tym niezauważonym to się nie udało – roześmiała się Marinette.

– No tak, ale dotarłem do kina i to po raz pierwszy nie z ochroniarzem, tylko z koleżanką – zauważył chłopak.

Marinette była bardzo szczęśliwa. Wspaniale było siedzieć obok Adriena i rozmawiać z nim tak beztrosko i naturalnie. Zapomniała nawet o zdenerwowaniu, które zawsze jej towarzyszyło, gdy spotykała chłopaka.

Światła przygasły, rozpoczynał się seans.

Z tego cudownego odtrętwienia wyrwała Marinette reklama: „Olśniewający, zwiewny, wyśniony... Adrien... Nowy zapach...”.

– Olśniewający, zwiewny, wyśniony... Arien... Nowy zapach... – Marinette bezwiednie powtarzała słowa, wpatrując się w ekran jak zahipnotyzowana. Na chwilę odpłynęła w marzenia.

Gdy zdała sobie sprawię, co robi, szybko zakryła usta, ale było już za późno. Bała się zerknąć w stronę Adriena. Właśnie się zdradziła, że zna reklamę na pamięć i że widziała ją setki razy. Wszystko się wydało. Co za wstyd!

Zaskoczony Adrien spojrzał na sąsiadkę, ale nic nie powiedział, tylko się uśmiechnął.

Na szczęście dla Marinette skończono wyświetlać reklamy. Na ekranie rozbłysła czołówka filmu.

– Zaczyna się – ucieszyła się Marinette i rozsiadła się na fotelu. Zastanawiała sie, jak po seansie wyjaśni Adrienowi, że tak dobrze zna reklamę. Na wymyślenie wymówki miała cały film.

Rozdział 4

Przed oczami Marinette pojawiła się czarno-biała katedra Notre Dame zalana strugami deszczu. Później kamera najechała na kobietę pod parasolem, idącą nabrzeżem Sekwany. Pojawił się tytuł filmu „Samotność", a zaraz po nim imię i nazwisko aktorki: Emilie Agreste.

Adrien wstrzymał oddech, oglądając ten kadr. To była jego mama! Nie widział jej twarzy, bo była odwrócona tyłem i zasłaniał ją parasol.

Nagle kobieta wysunęła dłoń. Chłopak z wrażenia zdjął kask, aby nie przeoczyć ani sekundy z tej sceny. Zupełnie zapomniał o ostrożności.

W tym momencie rozpoznał go chłopak, który wcześniej usiadł obok nich. Nieznajomy zrobił mu zdjęcie i wrzucił do internetu, podpisując post: „Adrien w kasku i jego dziewczyna w turbanie oglądają film".

Kilka minut później na salę wdarł się tłum fanów. Adrien i Marinette ukryli się za fotelami, ale ludzie otoczyli ich, robiąc im zdjęcia i oślepiając fleszami z telefonów komórkowych.

Jakby było tego mało, ogromna włochata łapa Gorydzilli przebiła sufit sali kinowej i chwyciła Adriena wpół, unosząc go ze sobą. Chłopak nawet nie miał czasu zareagować.

– Ty jesteś... moim ochroniarzem? – zapytał zaskoczony Adrien, kiedy niebieski goryl go obwąchiwał.

To nagłe porwanie nie spodobało się fanom, którzy krzycząc, zaczęli rzucać we włochate stworzenie wszystkim, co znaleźli pod ręką. W odwecie rozwścieczona Gorydzilla chciała zmiażdżyć natrętów swoją ogromną pięścią.

– Stop! Chodziło ci o mnie! Masz ich zostawić! – wrzasnął Adrien, wymachując kaskiem.

Telepatycznie odezwał się również Władca Ciem:

– Gorydzillo, wykonałaś pierwszą część misji, ale nie puszczaj Adriena, dopóki Biedronka i Czarny Kot nie ruszą mu na ratunek – rozkazał, powstrzymując stworzenie przed rozprawieniem się z atakującym je tłumem.

Goryl ścisnął pięść, w której trzymał Adriena. Chłopak upuścił kask, który wpadł w ręce Wayhema, jego największego fana.

– Trzymaj się! Uratuję cię! – obiecał chłopak, ściskając trofeum.

Gorydzilla zeskoczyła z budynku i wielkimi susami zaczęła się oddalać.

Zrozpaczona Marinette wyczołgała się spod fotela, nie wierząc własnym oczom. Obok niej unosiła się Tikki.

– Adrien mnie potrzebuje! – zawołała dziewczyna. – Tikki, kropkuj!

Kwami natychmiast wniknęło w jej kolczyki, a Marinette przemieniła się w Biedronkę. Niezwyciężona superbohaterka miała na sobie maskę i obcisły czerwony kostium w czarne kropki, a do pasa przywiązane jo-jo.

Biedronka była gotowa, by stawić czoło olbrzymiej Gorydzilli.

Tymczasem przejęty misją Wayhem ścigał na rowerze bestię. Chłopak włożył na głowę kask Adriena.

– Masz go puścić, słyszysz?! – wołał.

– Uwolnij Adriena! – zawołała również Biedronka, która przemknęła obok zaskoczonego rowerzysty, skacząc z budynku na budynek.

Gorydzilla wspięła się na wysoki budynek niczym King Kong. Po chwili stała na dachu wieżowca, głośno rycząc.

– Zostaw go! – krzyknęła Biedronka, która wylądowała obok bestii, wykonując w powietrzu piękne salto.

– Dobrze cię widzieć! – zawołał uradowany Adrien na widok swojej wspólniczki.

Władca Ciem śledził przebieg zdarzeń ze swojej tajnej kryjówki.

– Jest sama! Jeśli Adrien to Czarny Kot, będzie musiał się przemienić, żeby jej pomóc. Gorydzillo, zaatakuj Biedronkę! – rozkazał gorylowi.

Bestia zwróciła się przeciwko superbohaterce, próbując uderzyć ją łapą, ale Biedronka była szybsza. Unikając ciosu, wspięła się na ramię stworzenia. Nie mogła jednak uwolnić chłopaka, bo goryl był zbyt silny.

Olbrzym jednym ruchem strząsnął napastniczkę. Superbohaterka zaczęła spadać z wysokości. Na szczęście miała swoje niezawodne jo-jo, które uratowało jej życie. Z jego pomocą przywarła do ściany budynku. Natychmiast postanowiła wezwać na pomoc Czarnego Kota, ale on nie odbierał. Nie mógł odebrać, bo przecież był nim Adrien, o czym Biedronka nie wiedziała, dlatego zostawiła mu rozpaczliwą wiadomość:

– Co z tobą, Czarny Kocie? Potrzebuję twojej pomocy. Jestem na wieży Montparnasse – wysapała, bo Gorydzilla znowu przystąpiła do ataku, próbując strącić ją wielką łapą.

Biedronka wbrew zasadom grawitacji przebiegła w poprzek budynku, uchylając się przed uderzeniami, i zwinnie wskoczyła na dach.

Nadszedł czas na supermoc!

– Szczęśliwy traf! – zawołała i wyrzuciła w górę jo-jo.

Ilekroć Biedronka przywoływała tę niezwykłą moc, otrzymywała w zamian przedmiot, który miał jej pomóc w walce ze złoczyńcami Władcy Ciem. Tym razem wpadł jej w ręce czerwony zabawkowy helikopter w pudełku. Nie mogła uwierzyć, że los znowu z niej zakpił.

– I niby co mam z nim zrobić? Nie mam czasu na zabawę – westchnęła zaskoczona, wyciągając zabawkę z pudełka, która uniosła się w powietrze.

Gorydzilla wykorzystała moment nieuwagi swojej przeciwniczki i pochwyciła ją łapskiem. Teraz w jednej dłoni trzymała Adriena, a w drugiej Biedronkę.

– Doskonale! A teraz poczekamy na Czarnego Kota. – Władca Ciem zatarł ręce. Był zachwycony, bo za chwilę zdobędzie dwa cenne miracula – kolczyki Biedronki i pierścień Czarnego Kota – które pozwolą mu zawładnąć światem.

Gorydzilla nie wiedząc, co począć ze swoimi więźniami, zaczęła nimi potrząsać. Bawiła się przy tym wyśmienicie. Można powiedzieć, że wpadła w coś rodzaj transu, z którego trudno było jej się wyzwolić.

– Bardzo cię przepraszam. – Adrien czuł się winny. To przez niego Biedronka znalazła się w tarapatach.

– Spokojnie, próbuję sterować... tym czymś. – Biedronka próbowała za pomocą jo-jo przejąć kontrolę nad latającym w pobliżu zabawkowym helikopterem, co nie było łatwe, bo małpolud wciąż nią potrząsał. Kiedy w końcu jej się to udało, skierowała pojazd prosto na Gorydzillę.

Helikopter zaczął latać wokół goryla, doprowadzając go do wściekłości. Małpolud próbował się oganiać od natręta, ale miał zajęte obie łapy. Nagle śmigłowiec wleciał mu dodziurki od nosa. Bestia gwałtownie kichnęła, pozbywając się zabawki, która wyleciała przez drugą dziurką od nosa. Jednak nie na wiele to się zdało, bo tym razem helikopter zaczął atakować oczy i pysk goryla.

Gorydzilla zaryczała z bezsilności i niechcący wypuściła Biedronkę z uścisku. Superbohaterka tylko na to czekała. Błyskawicznie odskoczyła, by ukryć się w bezpiecznym miejscu.

– Nie pozwól jej uciec! – złościł się ze swojej kryjówki Władca Ciem.

Gorydzilla nie zwracała uwagi na głos w jej głowie, tylko, wymachując łapami, zapamiętale próbowała pozbyć się natrętnej zabawki.

Biedronka również ani myślała się poddać. Zamachnęła się jo-jo i wyrzuciła je w powietrze. Końcówka jo-jo okręciła się wokół kciuka goryla, a Biedronka pociągnęła linkę z drugiej strony. Po czym opuściła się z budynku, aż natrafiła na otwarte okno.

Przeskoczyła przez nie, przebiegła przez pomieszczenie biurowe pełne ludzi i wyskoczyła przez przeciwległe okno. Następnie jednym

susem wróciła na dach i prześliznęła się pod rozstawionymi nogami zaskoczonego goryla. W ten sposób zatoczyła wielkie koło. Miała nadzieję, że jej sztuczka zadziała i że uda się jej uwolnić chłopaka.

Biedronka wykorzystała zawahanie małpoluda i pociągnęła linkę, która zadziałała jak dźwignia i podważyła kciuk łapy, w której Gorydzilla trzymała Adriena. Palec powoli się odchylił

i Adrien mógł teraz się wyswobodzić, ale zwlekał z ucieczką.

– Puszczaj go! Adrien, skacz! Szybko! – zawołała.

Ale chłopak się wahał. Nie uśmiechało mu się skakać z tak wysokiego budynku. Na samą myśl miał już dreszcze.

– Musisz mi zaufać! – nalegała Biedronka.

– Ufam ci! – odkrzyknął Adrien i mówiąc to, poszybował w dół.

Rozdział 5

Biedronka miała zamiar skoczyć za nim i uratować go przed upadkiem, ale Gorydzilla przechwyciła ją w locie.

– O nie! – jęknęła Biedronka.

– Nieee! – krzyknął ze swojej kryjówki zrozpaczony Władca Ciem, widząc, jak jego syn leci w dół.

Adrien spadał z zawrotną szybkością.

– Przemieniaj się, bo rozpłaszczysz się na ziemi jak camembert! – zawołał

z troską Plagg, który wreszcie mógł się ujawnić.

– Nie mogę się przemienić tak publicznie. Jestem pewien, że Biedronka ma jakis plan B – odparł Adrien. Nie wiedział jednak, że superbohaterka była uwięziona w wielkiej pięści Gorydzilli.

Na ulicy zebrał się spory tłum. Ludzie z zapartym tchem obserwowali lot chłopaka. Wśród nich był Wayhem w kasku na głowie.

– Nie bój się! Ja cię złapię! – wołał, biegając nerwowo w kółko.

– Synu, jeżeli naprawdę jesteś Czarnym Kotem, to się przemień, błagam. – Władca Ciem z przerażeniem obserwował całe zdarzenie.

– Czarny Kocie, pomóż mi. Gdzie jesteś? – Biedronka bezskutecznie próbowała się wyrwać z mocnego uścisku goryla. Wiedziała, że za chwilę będzie za późno na jakąkolwiek akcję ratunkową.

Władca Ciem nie wytrzymał napięcia i nakazał Gorydzilli wypuścić Biedronkę. Na szczęście bestia wykonała rozkaz.

Superbohaterka zahaczyła linkę jo-jo o wyłom budynku i skoczyła za Adrienem, łapiąc go w pasie. Jeszcze przez chwilę swobodnie opadali. Kiedy linka się naprężyła, spowalniając ich lot, zjechali po niej na ziemię. Tłum zaczął wiwatować i bić brawo na cześć Biedronki i Adriena.

– Wiedziałem, że mnie uratujesz, Krop... Ekhm... Biedronko – zająknął się Adrien, o mały włos nie zdradzając największej tajemnicy.

Biedronka spojrzała na niego zaskoczona, ale nie zdążyła zareagować, bo w tym momencie dopadł ich Wayhem.

– Nic ci nie jest?! – Chłopak z radości chwycił Adriena w objęcia.

W tym momencie jedna z kropek na kolczykach Biedronki zaczęła mrugać.

– Twoje kolczyki migają. Mamy kłopoty? – zapytał Adrien znad ramienia fana, udając, że nie wie, o co chodzi.

– To oznacza, że niedługo się przemienię, ale spokojnie, za chwilę pojawi się Czarny Kot i zajmie się wszystkim – wyjaśniła superbohaterka, szykując się do odejścia.

Nagle ziemia zadrżała. To Gorydzilla zeskoczyła z wieżowca i ruszyła na Adriena. Ludzie z krzykiem zaczęli w popłochu uciekać.

– Możesz lecieć, Biedronko. Ja się zajmę bestią! – Wayhem zastąpił drogę olbrzymowi.

– Nie! – zaprotestowała superbohaterka. – Lepiej znajdź sobie jakąś bezpieczną kryjówkę – dodała, a następnie zdjęła z głowy chłopaka kask motocyklowy i oddała go Adrienowi.

Biedronka nie mogła zostawić swojego kolegi na pastwę goryla, więc objęła Adriena wpół

i obydwoje odlecieli w stronę wieży Eiffla.

Gorydzilla ruszyła za uciekającymi, ale Wayhem rzucił się na nią, próbując ją powstrzymać.

– Nie pozwolę ci przejść! – Chłopak uczepił się jej nogi.

Oczywiście Gorydzilla nie przelękła się małego napastnika, chwyciła go dwoma palcami i podniosła na wysokość oczu. Nie podejrzewała jednak, jak sprytny może się okazać zdesperowany fan.

– Olśniewający, zwiewny, wyśniony... Adrien – wyrecytował słowa reklamy i prysnął perfumami prosto w nos goryla.

Małpolud zaryczał i wypuścił chłopaka.

– Teraz już nie wyniuchasz Adriena,

ty owłosiony gorylu – cieszył się Wayhem, rozcierając pośladki po upadku z wysokości.

I faktycznie Gorydzilla nie tylko straciła węch, ale również gorzej widziała, tak bardzo miała podrażnione oczy. Szamotała się po ulicy, próbując odszukać zapach Adriena, ale bezskutecznie. Jedyne co mogła dostrzec to bilbordy z reklamą perfum, które były rozwieszone w całym mieście. Od tego wszystkiego zaczęło jej się kręcić w głowie. Nie mogła tego już dłużej znieść i uciekła w popłochu. Wayhem tylko na to czekał. Wsiadł na rower i z kartonowym wizerunkiem swojego idola pod pachą popedałował na poszukiwanie Adriena.

Tymczasem Biedronka z Adrianem w ramionach przystanęła na dachu budynku. Dopiero teraz mogła odetchnąć z ulgą.

– Chyba ją zgubiliśmy – zauważył Adrien.

– Nareszcie. Masz może pomysł, gdzie jest jej akuma? – zapytała przytomnie Biedronka.

– Zdaje się, że kończy ci się czas – Adrien zwrócił się do swojej wybawczyni. Jej kolczyki migały jak szalone, a to oznaczało, że wkrótce wróci do normalnej postaci. – Zostaw mnie tu. Ukryję się do czasu pojawienia się Czarnego Kota – dodał przebiegle, zdejmując kask.

– A co będzie, jeżeli goryl wcześniej cię wytropi? – martwiła się Biedronka, wsuwając z powrotem kask na głowę chłopaka.

– To mój ochroniarz, nic mi nie zrobi. – Adrien znowu ściągnął kask. To zaczynało się już robić męczące.

Superbohaterka nie wyglądała na przekonaną. Bała się o Adriena. Nagle wpadła na doskonały pomysł.

– Wymyśliłam niezły plan. Będziemy mieć czas na znalezienie akumy – zakomunikowała, znowu nasuwając kask na głowę chłopaka. Wzięła Adriena w ramiona i skoczyła.

Kiedy znaleźli się przed wejściem do metra, zadzwoniła do Czarnego Kota i zostawiła mu nagraną wiadomość:

– Spotkajmy się na stacji metra. Adrien zgodził się być przynętą, ale bez twojego kotaklizmu nie damy rady. Pospiesz się.

– A jeśli Czarny Kot się nie pojawi? – zapytał Adrien, który zdjął kask i wsunął go pod pachę.

– Pojawi się. Ufam mu – uspokoiła go Biedronka. Była pewna swojego towarzysza.

Adrien uśmiechnął się na te słowa, a gdy na ulicy dostrzegł pedałującego na rowerze Wayhema, powiedział:

– Tak, masz rację, na niego można liczyć.

Superbohaterka skinęła i zniknęła na schodach prowadzących do metra, zostawiając chłopaka samego.

– I co tym razem, mój drogi? Masz jakiegoś asa w rękawie? – zapytał Plagg, który ukrył się w kasku. – Nie możesz być Adrienem i Czarnym Kotem równocześnie.

– Dlaczego nie? – Adrien zabiegł drogę Wayhemowi, prosząc go o pomoc.

Wierny wielbiciel nie wahał się ani chwili.

Wkrótce chłopcy zniknęli w bramie budynku, gdzie wymienili się koszulkami. Kiedy Wayhem nasunął na głowę kask motocyklowy, do złudzenia przypominał Adriena. Wybiegł na ulicę, robiąc straszliwy harmider.

– Adrien! – krzyczał przy tym i kopał opony samochodów, uruchamiając alarmy w samochodach.

Ten hałas ściągnął Gorydzillę.

Biedronka nasłuchiwała odgłosów ze stacji metra. Strasznie się niecierpliwiła, czekając na Czarnego Kota, który wciąż nie nadchodził. Nie mogła zrozumieć, dlaczego jej towarzysz tak uparcie milczał. Może coś się stało? To było do niego niepodobne. Do tej pory zawsze stawiał się na czas.

Na górze trwała walka. Gorydzilla natarła na chłopka w kasku, myśląc, że to Adrien.

Była zdesperowana, bo miała już dosyć tego, że chłopak wciąż jej umykał. A do tego Władca Ciem bardzo sie niecierpliwił.

W tym momencie na dachu pobliskiego budynku pojawił się Czarny Kot. W końcu mógł wkroczyć do akcji.

– Nie wolałbyś przypadkiem powalczyć ze mną?! – zawołał drwiącym tonem superbohater, wymachując kocim kijem.

Rozdział 6

Czarny Kot wylądował zwinnie na ulicy, osłaniając Wayhema.

– Spokojnie, Adrien, włos nie spadnie ci z głowy – powiedział na głos, żeby wszyscy go usłyszeli.

Oczywiście Władca Ciem śledził poczynania Gorydzilli.

– Adrien i Czarny Kot walczą ramię w ramię, a więc się myliłem. Dobra wiadomość!

Gorydzillo, zabierz miraculum Czarnemu Kotu i załatw go – rozkazał swojemu podwładnemu.

Złoczyńca cieszył się, że jego syn nie okazał się superbohaterem. Teraz już spokojnie mógł realizować swój podły plan.

Posłuszna swojemu panu Gorydzilla natychmiast zaatakowała Czarnego Kota, próbując go zmiażdżyć.

– Pudło, pudło i znowu pudło. – Superbohater unikał ciosów. Najwyraźniej sprawiało mu to dużo frajdy. – No dobra, czas na... Kotaklizm!

Czarny Kot szybko aktywował moc destrukcji. Od tej pory wszystko, czego dotknął, ulegało zniszczeniu. Bohater, nie czekając ani chwili dłużej, przyłożył prawą rękę do ziemi, tuż pod stojącym małpoludem. Na powierzchni pojawiły się pęknięcia, błyskawicznie zmieniając się w wyrwę, w którą wpadł zdezorientowany olbrzym. Biedak nie mógł się z niej wydostać.

Ulica zapadła się dokładnie nad stacją metra, na której czekała Biedronka. Jakie było jej zdziwienie, gdy tuż nad sobą zobaczyła włochate nogi goryla. Akurat wtedy zadzwonił jej telefon.

– Mówi kurier z firmy „Czarny Kot". Zamawiałaś może wielką bestię, Kropeczko – zażartował superbohater.

– Wiedziałam, że mogę na ciebie liczyć – ucieszyła się Biedronka. – A gdzie Adrien?

– Bezpieczny – odparł i się rozłączył.

Biedronka westchnęła z ulgą.

– Przepraszam, ale muszę przeszukać ci kieszenie – zwróciła się do Gorydzilly, po czym wskoczyła na małpoluda w poszukiwaniu akumy.

– Znalazłam! – Wyciągnęła z kieszeni goryla amulet, który podarowała Adrienowi.

Biedronka nie pomyliła się, bo kiedy rozerwała bransoletkę, wyleciał z niej czarny motyl.

– Pora wypędzić złe moce! – zawołała, wyrzucając w górę jo-jo. Rozbłysło światło i akuma została uwięziona w środku. Gdy po chwili superbohaterka otworzyła jo-jo, wyfrunął z niego biały niewinny motylek. Było po wszystkim. Teraz Biedronka musiała jeszcze posprzątać bałagan, który pozostawił po sobie złoczyńca Władcy Ciem.

– Niezwykła Biedronka! – krzyknęła z całą mocą, wypuszczając z rąk helikopter.

Zaklęcie uwolniło energię, która objęła całe miasto, oczyszczając je ze zniszczeń. Wkrótce wszystko wróciło do normy. Nawet Gorydzilla zniknęła, a na jej miejscu siedział oszołomiony ochroniarz Adriena.

– Zaliczone. – Superbohaterowie przybili piątkę. Wiedzieli, że mogą na siebie liczyć w każdej sytuacji. Stanowili po prostu świetny team i kolejny raz uratowali Paryż przed złem.

Władca Ciem nie mógł uwierzyć, że znowu mu się nie udało.

– Pewnego dnia wreszcie odkryję, kim są naprawdę Biedronka i Czarny Kot, a wtedy czeka ich ostateczna klęska – odgrażał się, siedząc w swojej kryjówki.

Biedronka dostrzegła Adriena w kasku, który wychodził z metra.

– Wszystko ok? Nic ci nie jest? – zawołała, chcąc do niego podpiec, ale Czarny Kot ją powstrzymał. Jeszcze chwilę a superbohaterka odkryłaby jego tajemnicę.

– Nic mu nie jest – zapewnił – ale ty musisz znikać, jeżeli nie chcesz ujawnić wszystkim swojej prawdziwej tożsamości. – Wskazał na migające kolczyki Biedronki.

Nie było innej rady, jak się pożegnać i przemienić się w bezpiecznym miejscu. Co Biedronka natychmiast uczyniła. Nie mogła dłużej czekać.

Czarny Kot także się pożegnał i w te pędy pobiegł do wyznaczanej kryjówki. Wkrótce pojawił się w niej Wayhem w kasku na głowie.

– To było odlotowe! Pomogłem Czarnemu Kotu uwolnić Paryż od tej strasznej małpy – ekscytował się.

– Wiedziałem, że sobie poradzisz – zapewnił go Adrien, uśmiechając się szeroko do chłopaka.

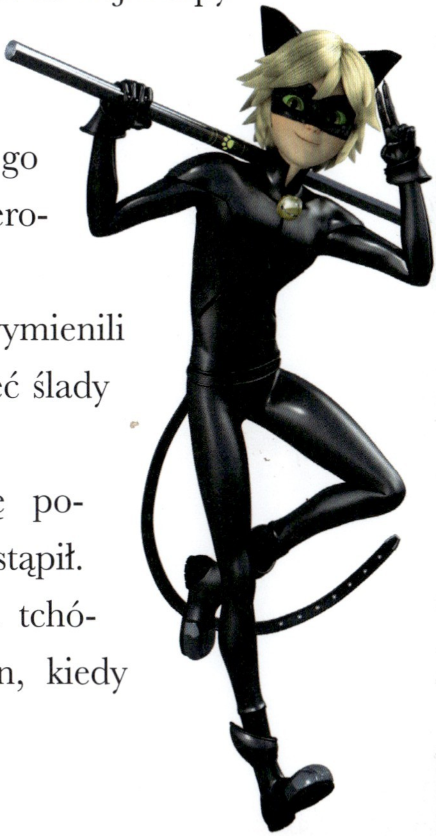

Potem chłopcy znowu wymienili się koszulkami, żeby zatrzeć ślady ich oszustwa.

– Przepraszam, że cię poprosiłem, żebyś mnie zastąpił. Pewnie myślisz, że jestem tchórzem – powiedział Adrien, kiedy wyszli z bramy.

– Żartujesz? Mogłem być Adrienem chociaż przez chwilę. Spełnienie moich snów – odparł Wayhem, a potem dodał: – Przepraszam, że wrzuciłem twoją fotkę do sieci. Pewnie jesteś na mnie zły.

W odpowiedzi Adrien wziął marker i napisał na kartoniku e-mail: adrien@agreste.mode, po czym wręczył go Wayhemowi.

– To twój adres e-mail? – zapytał z niedowie-

rzaniem chłopak. Nie mógł uwierzyć w swoje szczęście.

– Tak, jeśli nie będziesz biegał za mną i krzyczał, to chyba się zaprzyjaźnimy – odpowiedział Adrien.

– To najszczęśliwszy dzień w moim życiu – ucieszył się Wayem.

Tymczasem Biedronka zdążyła się przemienić i wrócić do domu. Leżała na łóżku i wspominała wydarzenia dnia.

– Och, Tikki, byłam z Adrienem w kinie. To najlepszy dzień w moim życiu – zwróciła się rozpromieniona do swojego kwami, ale za chwilę dopadła ją niemiła refleksja. – O nie, byłam w kinie z Adrienem ubrana w piżamę, w śmiesznych okularach i do tego z ręcznikiem na głowie. To najgorszy dzień w moim życiu – rozpaczała.

Marinette opadła na łóżko, szlochając. Jej skargi przerwał dopiero dzwonek telefonu.

– Alya! – zawoła, słysząc głos przyjaciółki.

– Marinette, widziałyśmy twoje fotki w sieci, ale nic z tego nie rozumiemy. Musisz nam wszystko wyjaśnić – powiedziała Alya wśród chichotów przyjaciółek, które z nią były.

– Oczywiście, wszystko wam opowiem. Przebiorę się i zaraz tam będę – obiecała Marinette. – Zaraz, a gdzie wy jesteście?

– Na basenie. Wciąż na ciebie czekamy – zaśmiała się Alya.

Przyjaciółki od godziny czekały na Marinette. Zdążyły już obejrzeć wszystkie foty wrzucone do siecie, a było co oglądać. Marinette z Adrienem w fontannie i na stacji metra. Wszędzie razem. Co dziewczyny miały o tym myśleć? Najwyraźniej tych dwoje miało się ku sobie. Natychmiast potrzebowały wyczerpującej rela-

cji, najlepiej z pierwszej ręki, dlatego z niecierpliwością wyczekiwały przyjaciółki.

Po południu, kiedy wszystkie emocje opadły, Gabriel Agreste wezwał syna do gabinetu.

– Usiądź – powiedział spokojnie.

Adrien ze spuszczoną głową zajął miejsce obok ojca. Chłopak spodziewał się ostrej reprymendy, ale pan Agreste włączył telewizor.

Na ekranie pojawiła się czołówka filmu z mamą Adriena w roli głównej.

– Trzeba było poprosić – oznajmił ojciec.

– Przepraszam, tato, chciałem z tobą pogadać, ale nie miałeś czasu. Nigdy nie masz dla mnie czasu – poskarżył się chłopiec.

– Powinieneś mi ufać. To ważne, żebyśmy sobie ufali. Inczej będę nieufny. – Gabriel zerknął z ukosa na pierścień Adriena.

Mężczyzna wciąż miał wątpliwości, ale uspokajająco położył swoją dłoń na rękę syna. Adrien uśmiechnął się na ten czuły gest.

– Dobrze, tato. Dziękuję – odparł ciepło i zapatrzył się na film.

Co powiedziałby Adrien, gdyby wiedział, że jego ojciec jest bezwzględnym Władcą Ciem, który chce zdobyć jego pierścień? A tajna kryjówka złoczyńcy znajduje się w ich domu?

Dalsze losy Biedronki
już wkrótce!